AF467969

VICTOR NADAL

L'ARC-EN-CIEL

COMÉDIE EN UN ACTE ET EN VERS

EN VENTE :

CHEZ BALLAY FILS EDITEUR

VICTOR NADAL

L'ARC-EN-CIEL

COMÉDIE EN UN ACTE ET EN VERS

Yth
1077

EN VENTE :

CHEZ BALLAY FILS EDITEUR

A Madame Ponsard

Madame,

Votre nom en tête de ce modeste ouvrage ne peut que lui porter bonheur. Aussi, je l'écris avec reconnaissance.

VICTOR NADAL

L'ARC-EN-CIEL

SCÈNE I

BÉNÉDIC *se promenant sur la scène.*

Je suis dépaysé dans ce siècle barbare,
Et parfois, la pitié de mon âme s'empare
Quand je songe au seigneur et maître de céans
Qui va, pour se distraire, occir des mécréants.
S'il avait dans le cœur une foi bien sincère,
Je saurais excuser son exil volontaire,
Mais je ne connais pas un bandit dans ces monts
Plus souillé de forfaits que ce fils de démons :
On aurait beau chercher en France, en Allemagne,
Aller dans chaque ville et dans chaque campagne,
Battre tous les pays et traverser la mer,
On n'en trouverait pas, même au fond de l'enfer.

(S'arrêtant.)

Il me semble parfois que le sire abandonne
Pour bien longtemps, très-haute et très-noble baronne
Berthe de Joux : je crois qu'en quittant son manoir,
Avec sa riche armure et son destrier noir,
Il prouve abondamment qu'il a perdu la tête.
Aller du Saint-Sépulcre assurer la conquête !
Ou je me trompe bien, ou l'on a pas besoin,
Pour se faire oublier, de chevaucher si loin.
C'est moi qui suis chargé de veiller sur sa femme ?
Faire de Bénédic un geôlier, c'est infâme !
Elle peut s'envoler, je ne la retiens pas :
La liberté, d'ailleurs, lui semble sans appas.
Où pourrait-elle fuir ? Chez son père ? Le gendre
L'a massacré. Dans son manoir ? Il est en cendre.
Aussi, comme elle sait son mal sans guérison,
Pour s'y ravir plus tôt, elle reste en prison.
Mais je l'entends venir, la voici qui s'approche
Toute triste, elle peut s'attendre à mon reproche.

(*Berthe paraît*)

SCÈNE II

BÉNÉDIC

Est-ce un cœur de vingt ans qui désespère ainsi ;

BERTHE DE JOUX

Je porte le fardeau d'un éternel souci.

BÉNÉDIC.

Ayez donc bon courage ! A votre âge, Madame,
La joyeuse espérance est le soleil de l'âme :
Désirez seulement, vous verrez ses rayons
Apparaître et briller à tous les horizons.

BERTHE

Il est des cœurs brisés par un chagrin suprême:
Ils sont morts à la joie, à l'espérance même,
Et, pour eux, le bonheur n'est pas dans l'avenir,
Il est dans le passé, dans le seul souvenir.

BÉNÉDIC

Avez-vous entendu, cette nuit ? Quel orage !
La tempête et le vent dans un concert sauvage
Répétaient tour à tour leur sinistre chanson ;
Le tonnerre grondait à donner le frisson ;
Les sapins se tordaient et craquaient ; la rivière
Du ciel et de l'enfer partageait la colère,
Et, minant la montagne, elle semblait vouloir
Dans ses gouffres béants engloutir le manoir.

BERTHE

Qui donc pourrait dormir pendant ces nuits horri-
[bles ?
L'orage m'a causé des frayeurs indicibles :
Je tremblais en pensant aux pauvres voyageurs
Egarés au milieu de toutes ces terreurs.
Si jamais on frappait, il faut ouvrir sans crainte,
Donnez à tous, donnez l'hospitalité sainte ;
Que mon nom soit de ceux que le malheur poursuit,
Qu'il soit funeste, mais qu'il ne soit pas maudit !

BÉNÉDIC

Je connaissais trop bien la bonté de votre âme
Pour ne pas devancer de tels ordres, Madame :
J'ai distingué malgré le bruit, malgré le vent
De longs cris de détresse, et sans perdre un instant
J'ai fait tomber la herse.

BERTHE

Et qui dans la tempête
S'aventurait ainsi ?

BÉNÉDIC

C'est un jeune poëte,
Un trouvère au front pâle, au regard triste et fier :
Il n'avait pas encor mangé depuis hier,
Il était tout transi.

BERTHE

D'où vient-il ?

BÉNÉDIC

Je l'ignore.
Je viens de l'appeler, mais il dormait encore :
Il m'a dit qu'il chantait le courage et l'amour,
Qu'il prierait Dieu pour vous et partirait au jour.

BERTHE

Il faut le retenir, il pourra me distraire ;
Je lui demanderai quelque chanson guerrière
Ou quelque douce histoire où le cœur a sa part.

BÉNÉDIC

Je saurai bien, Madame, empêcher son départ.
Je n'aurai pas besoin d'efforts, car ce beau sire
N'aime rien tant, dit-il, qu'un doux et frais sourire.
Il ne demandera pas mieux que de s'asseoir
Près de vous : il voudrait rencontrer chaque soir
Des hôtes généreux et bons, car un trouvère
Plus souvent qu'à son tour, hélas! fait maigre chère :
Aussi bénit-il Dieu quand son culte enchanteur
Peut largement payer l'écot du visiteur,
Et surtout, quand le rêve harmonieux et triste
Dont, à défaut de pain, le poëte subsiste

Dans les nuages bleus et sur des aîles d'or,
Devant une beauté prend un brillant essor.

BERTHE.

Oui, tous ces vagabonds qu'on appelle trouvères
Des manants et des gueux n'ont pas les goûts vulgaires
Ils cherchent, soutenus par un espoir divin,
L'ivresse dans l'amour et non pas dans le vin.

(On entend chanter)

Je veux que ma voix s'élève
Et, frémissante d'amour,
Te dise le chaste rêve
Qui me berce nuit et jour ;
Si tu n'es pas attendrie
Par les pleurs d'un jouvenceau,
Ecoute dans la prairie
Le murmure du ruisseau.

Laisse-moi, puisque mon âme
N'ose à l'espoir se livrer,
Laisse-moi, charmante femme,
A ton regard m'enivrer.
Si tu ne veux pas entendre
Ma chanson qui vient du cœur,
L'air pur est si doux à prendre
Viens respirer sa fraîcheur.

C'est en vain que je dépose
A tes pieds mon triste amour,
Ta fenêtre reste close
Et ne s'ouvrira qu'au jour.
Adieu donc, beauté chérie,
Insensible à mes accords,
A celui qui chante et prie
Laisse croire que tu dors.

BÉNÉDIC.

C'est lui.

BERTHE.

Fais-le venir.

(Bénédic sort.)

A sa voix suppliante,
Comme une vision qui vous fait souriante,
Un souvenir bien cher a réjoui mon cœur :
Je me croyais rendue à mon passé vainqueur.
O jeune passager, à qui je dois l'ivresse
Dont ta douce chanson me berce et me caresse,
Qui que tu sois, ami, poëte ou mendiant,
De ce triste manoir tu partiras content.

BÉNÉDIC.

Madame, voulez-vous le recevoir ?

BERTHE.

Qu'il vienne.

SCÈNE III.

RAOUL DE SAVERNON.

Que le bonheur habite avec vous, châtelaine.

BERTHE.

Le bonheur de ma vie est un mot effacé.

RAOUL.

Espoir, l'avenir peut ressembler au passé.

BERTHE.

Oh! je le savais bien ; vous autres, les poëtes,
Aux plus désespérés vous promettez des fêtes;
Vous ne comprenez pas qu'en un chagrin mortel
Se consume un cœur fait pour l'amour éternel.
Un rayon du soleil vous donne du courage,

Et vous ne songez plus aux fureurs de l'orage.
Voyant après l'hiver reverdir le printemps,
Vous croyez que la vie est l'image du temps,
Mais les beaux jours, hélas, s'en vont à tire-d'ailes,
Et ne reviennent plus, comme les fleurs nouvelles.

RAOUL.

Oui, le bonheur revient, et c'est mal d'en douter :
Croyez-en le trouvère et daignez l'écouter.
Ne me demandez pas quel est mon nom : qu'importe,
Je ne suis qu'un rêveur conduit à votre porte
Par le hasard : ainsi je m'en vais, tous les soirs,
Pour avoir un abri, frapper aux vieux manoirs.
Je trouve quelquefois un maître sans entraille
Dont l'insolent valet me méprise et me raille :
Je fuis alors ces lieux maudits de l'étranger,
Et c'est un jour de plus qu'on passe sans manger.
Au sort peu complaisant loin de tenir rancune
Je lance, à pleines mains, des baisers à la lune,
Et je vais comparer dans l'ombre des grands bois
Aux chagrins d'aujourd'hui le bonheur d'autrefois.
Plus souvent, grâce au ciel, un hôte charitable,
Comme envoyé de Dieu, me reçoit à sa table :
Il me donne un bon lit et m'entoure d'égards,
Et moi, je le bénis, le matin, et je pars.
S'il veut me retenir, ses prières sont vaines :
J'aime ma liberté comme un autre ses chaînes,
Je sais faire un idylle et même un triolet,

Mais je n'ai jamais eu l'étoffe d'un valet.
Hier, j'étais brisé, harassé par l'orage.
Un éclair m'a montré le château : mon courage
Est vite revenu : j'ai des pressentiments
Qui ne me trompent guère, ils viennent, par moments,
Dissiper mes ennuis et m'annoncer la joie.
Qu'au pauvre vagabond la Providence envoie.
Ah ! lorsque je ne sais où diriger mes pas,
Je pourrais bien douter, mais je ne doute pas,
Et lorsque, résigné, depuis longtemps je souffre,
Une invisible main me sauve aux bords du gouffre.
Et qui s'occuperait de moi, si ce n'est Dieu ?
Sans patrie et sans but, errant, sans feu ni lieu,
Qui voudrait, pour un soir, abriter ma misère ?
Qui, dans le mendiant, reconnaîtrait un frère,
Si le ciel n'inspirait un ange comme vous
Que le poëte est fier de bénir à genoux ?
Pour vous remercier, au lieu d'une prière,
Madame, je dirai ma chanson de trouvère,
Elle est triste et pourra faire pleurer vos yeux,
Mais ces pleurs d'un instant font du bien aux heureux.

BERTHE.

Aux heureux, dites-vous, je n'en suis pas du nombre
L'amour a déserté ce manoir toujours sombre ;
L'espoir même a quitté ce funeste château,
Et j'y vis désormais comme dans un tombeau.

RAOUL.

Et que vous manque-t-il? N'avez-vous pas, Madame,
Tous les attraits du corps et tous les dons de l'âme?
Quelles sont les faveurs dont vous n'ayez goûté?
Votre nom n'est-il pas puissant et redouté?
Aux superbes tournois, vos indicibles charmes
N'ont-ils pas de plus d'un fait triompher les armes,
Et quand vous décernez la palme du vainqueur,
Les seigneurs éblouis n'ont-ils pas plus de cœur?

BERTHE.

Jeune étranger, vous qui chantez les douces choses,
L'espérance, l'amour, les femmes et les roses,
Vous faites un tableau de la félicité
Dont l'horizon me semble un peu trop limité.
Croyez-vous qu'il suffise au bonheur de ma vie
D'éclabousser le pauvre et de lui faire envie?
Que m'importe un bijou savamment ciselé?
Ne se passe-t-on pas d'un manoir crenelé?
Dans le rêve éternel que ma pensée enlace,
Les honneurs, la puissance et l'or n'ont point de place
Je demandais bien peu : tout ce que je voulais,
C'était un nid, jeune homme, et non pas un palais.
Etait-ce le désir d'une âme ambitieuse?
Non, certes : cependant je ne fus pas heureuse.
Comprenez-vous enfin pourquoi j'ai tant gémi?

Ne me parlez-donc plus d'avenir, jeune ami.
Mes espoirs sont tous morts, je pleure sur leur tombe:
Que voulez-vous que fasse une pauvre colombe
Quand le chasseur brutal a tué son ramier?

RAOUL.

Plus d'un, que l'on croit mort, revient au colombier.
Vous êtes donc martyre, ô noble châtelaine?

BERTHE.

Oui : j'ai connu l'amour, mais je sais mieux la haine
Autrefois...

RAOUL.

Autrefois un page de seize ans
Vous aimait, n'est-ce pas? Il fut pendant longtemps
Votre esclave : il vivait par vous seule, Madame,
Il avait votre cœur et vous aviez son âme!
Malheur au chevalier qui s'est joué de lui,
Ce n'était qu'un enfant, c'est un homme aujourd'hui!
Berthe, tu m'appelais ton fiancé, ton maître,
Le suis-je encore, dis?

BERTHE. (*après une vive émotion.*)

Ah! si vous pouviez l'être?

RAOUL.

Ainsi, je puis partir, prendre congé de vous !
Vous n'êtes plus à moi, mais au sire de Joux !
Ainsi, je dois souffrir que son baiser ternisse
Votre front ! Ah plutôt que ce félon périsse !
Ainsi de vos serments il ne reste plus rien,
Si ce n'est le parjure ! Ah ! nous le verrons bien !
Ah ! vous voulez trahir, vous voulez être infâme :
Un instant ! Croyez donc aux serments d'une femme
Pour bientôt voir l'amour faire place au mépris !

BERTHE.

Mon cœur était à vous, je ne l'ai pas repris.

RAOUL.

J'étais un insensé, pardonne-moi, je t'aime !
Oh ! tu ne connais pas cette douleur suprême
Qui soudain m'a saisi : Berthe, pardonne-moi !

BERTHE.

Je te dis que je t'aime !

RAOUL.

Oh ! je suis plus qu'un roi !
Longue souffrance, ô toi dont je buvais la lie,

BIBLIOTHÈQUE NATIONALE R.F. IMPRIMÉS.

O pleurs, ô désespoirs amers, je vous oublie.
Je ne suis plus le pauvre impuissant d'autrefois,
Je suis fort maintenant, je t'aime, je te vois.
Berthe, jusques à toi ma lèvre en feu s'élève,
Mon bel ange, dis-moi que ce n'est pas un rêve!

BERTHE.

Ce bonheur est bien vrai, mais il sera bien court.

RAOUL.

J'implorerai le ciel!

BERTHE.

Et s'il veut être sourd?

RAOUL.

Nous braverons le ciel et nous fuirons ensemble.

BERTHE.

Que dis-tu là? Raoul?

RAOUL.

Nous fuirons, que t'en semble?

BERTHE. (*après avoir hésité.*)

Sors : feins de ne vouloir plus séjourner ici,
Vois Bénédic...

RAOUL.

Et puis...

BERTHE.

Aime-moi bien!

RAOUL.

Merci!

SCÈNE IV.

BERTHE.

Oui, je veux consentir à tout ce qu'il désire,
Et personne n'aura le droit de me maudire.
Sans crainte et sans remords partout je le suivrai,
Car, pour être infidèle, il faut avoir juré.
J'avais quinze ans, j'étais heureuse et confiante;
Un beau beau rêve berçait ma jeunesse riante:
J'aspirais au bonheur, j'en avais bien le droit.
Au printemps de la vie, on fait des vœux, on croit.
Le soleil est dans l'âme et sa chaleur enivre,
On vit pour bien aimer et l'on aime pour vivre.
Alors, il était page, il était tendre et doux,

Il m'aimait, bien des fois il l'a dit à genoux.
Sa voix était un chant et sa parole un charme,
Il ne me regardait qu'en versant une larme
De joie : il mendiait, mais c'était un baiser.
Hélas ! il fallait voir notre espoir se briser.
Un jour mon père vint me trouver endormie,
Notre manoir était assiégé. « Mon amie,
Me dit-il, il est là, l'épée hors du fourreau,
Ses soldats sont nombreux, il est là le bourreau. »
J'avais compris : c'était notre voisin lui-même
Qui venait nous punir d'une injure suprême,
C'était le chevalier de Joux, puissant baron
Qu'en un festin mon père avait nommé félon.
Le vieillard fut tué. Quant à moi, presque morte,
J'étais de ce butin que le brigand emporte,
On étouffa mes cris... et le sire de Joux
Depuis ce jour fatal croit être mon époux.
Patience ! Il est vrai que mon prétendu maître
Pour m'infliger son nom a fait venir un prêtre,
Mais, pour ce ravisseur, une infamie est peu,
Il en voudrait encor rendre complice Dieu.
Pour amoindrir le crime et consacrer l'outrage,
Un moine a sans remords béni le mariage,
Mais, comme lui, sans loi, sans honneur et sans frein,
Le prêtre, en ce manoir, ressemble au suzerain.
Oui, tous les deux ils ont souillé le sanctuaire,
L'un, par son attentat, l'autre par sa prière,
Et si de ma prison je m'échappe aujourd'hui,

Que me fait mon époux, l'adultère c'est lui !
Est-ce un songe ! Raoul, c'est mon beau page,
Qui me parlait d'amour dans son tendre langage !
Serais-je le jouet d'un mirage trompeur ?
Tu disais vrai, poëte, il revient le bonheur !
(Elle s'agenouille.)
Protége-moi, Seigneur, et soutiens mon courage :
Ne trouve pas mauvais que j'échappe à la rage
De ce vil insulteur qui ne te connait pas ;
Bénis mon seul amour et veille sur nos pas.
Souviens-toi que mon cœur si longtemps en détresse
A mon seul fiancé destina sa caresse
Et que celle pour qui de meilleurs jours ont lui
Ne t'implora jamais sans t'implorer pour lui.
Pour qu'un amour soit grand et digne d'une femme,
S'il faut le conserver vierge au fond de son âme,
De ton superbe trône et de ton ciel d'azur
Tu peux bénir le mien, car il est resté pur !

SCÈNE V.

BÉNÉDIC.

Et quoi, vous souriez, ô ma noble maîtresse,
Cela vous va bien mieux, allez. Votre tristesse

Me fait mal; quand je vois des pleurs dans vos
[beaux yeux
Je souffre, croyez-moi, je suis bien malheureux;
Mais lorsqu'il m'est donné de voir votre sourire,
Je rajeunis, Madame, oh! je puis bien le dire.
Avez-vous écouté le poëte? Il repart,
Il trouve son plaisir à marcher au hasard,
A promener ainsi de montagne en montagne
Le rêve insouciant qui partout l'accompagne.

BERTHE.

Le temps a-t-il changé? Les chemins sont-ils sûrs?
Je me reprocherais...

BÉNÉDIC.

Oh! ces gens-là sont durs
A la fatigue. Ils n'ont pas toujours un asile,
Madame, et ne s'en vont pas moins, le cœur tranquille
Parcourant les forêts, s'endormant au milieu,
Puis, reprenant leur course, à la grâce de Dieu.

BERTHE.

Si l'orage a rendu la route impraticable,
Qu'il attende à demain.

BÉNÉDIC.

Madame est charitable.

BERTHE.

C'est à lui que je dois de sourire un instant.
Je veux lui demander de me redire un chant
Dont le refrain joyeux ranime mon courage,
Retiens donc quelques jours cet oiseau de passage;
Je suis lasse du cri farouche du corbeau,
C'est la seule chanson qu'on entende au château.

SCÈNE VI.

RAOUL.

Noble dame, je vais continuer ma route :
Je prierai Dieu pour vous, et si le ciel m'écoute,
Vous serez bien heureuse.

BERTHE.

Et pourquoi partez-vous?
Vous a-t-on mal reçu dans le manoir de Joux?

RAOUL.

Pendant qu'avec fureur éclatait la tempête,
Je me suis arrêté pour abriter ma tête.
Au milieu de la nuit je me suis présenté,

Invoquant les devoirs de l'hospitalité ,
Je n'ai plus maintenant qu'à garder dans mon âme
Le souvenir bien doux de votre accueil, Madame,
Ne sachant désormais qui je dois aimer mieux
Des anges de la terre ou des anges des cieux.

BÉNÉDIC.

Vous jugez bien, Madame, et ce qui me l'atteste,
C'est qu'elle vous retient.

RAOUL.

Vous voulez que je reste?

BERTHE.

Je le veux, un poëte a toujours des loisirs ?

(Bénédic sort).

RAOUL.

Surtout quand il s'agit d'exaucer vos désirs.

SCÈNE VII.

RAOUL.

Berthe, te souvient-il de ces instants d'ivresse

Où tu t'abandonnais à ma chaste caresse,
Où dans le même essor s'envolaient nos deux cœurs,
Où je lisais l'amour dans tes regards vainqueurs?
Je n'étais qu'un enfant, et mon âme sereine
Ne connaissait encor ni l'effroi, ni la haine :
Je n'avais pas souffert. Le soleil et les fleurs,
La vertu, le courage et toutes les splendeurs,
Sublimes ornements des hommes et du monde,
Provoquaient en mon être une extase profonde;
Les douces visions planaient sur mon sommeil :
Mon rêve était doré, mon horizon, vermeil.
Par toi, Berthe, j'étais le plus heureux des pages,
Aussi, dans les jardins et les riants bocages,
Il n'était pas d'oiseau qui chantât plus que moi.
J'étais plein d'espérance et j'étais plein de foi;
Je sentais pénétrer et couler dans mes veines
La séve généreuse et puissante des chênes;
Comme le leur, mon front s'élevait chaque jour,
Ils avaient le soleil, et moi, j'avais l'amour.
Nous devions voir venir un lendemain funeste.
Si nous avons pleuré, la vengeance nous reste!
O fatal souvenir, j'ai vu dans une nuit
Ton père massacré, votre manoir détruit;
J'ai vu vos serviteurs périr l'un après l'autre.
De cette horde dont chaque bandit se vautre
Dans le sang le plus noble et le sang le plus pur,
De tous ces égorgeurs, le plus vil, le plus dur,
C'est bien lui. Que fait-il, l'infâme, en Terre Sainte?
Pense-t-il tromper Dieu par une vertu feinte,

Ou bien a-t-il conçu le projet infernal
De vivre jusqu'au bout dans le crime et le mal
Et d'aller profaner, par un défi suprême,
La tombe où reposa le Fils de Dieu lui-même?
Oh! je me suis promis de venger cet affront
Que sa lèvre lascive imprimait sur ton front.
Il est vrai qu'entre nous j'aperçois des abîmes,
Mais je les comblerai. Souillé par tous les crimes,
Il ne recule pas devant la trahison.
Qu'importe! je saurai lui demander raison.
Oui, je convoquerai la cour seigneuriale:
Parmi les suzerains, au bras fort, au cœur mâle,
Je choisirai nos pairs, mes juges et les siens;
Je lui demanderai compte de tous ces biens;
Je lui rappellerai toutes ses perfidies,
Je montrerai le sang dont ses mains sont rougies,
Et quand j'aurai jeté mon gant à ce félon,
Quand tous les chevaliers auront maudit son nom,
Je n'aurai qu'un désir, qu'une ambition chère,
Châtier sans merci l'assassin de ton père.
Je ne sais pas comment j'échappai: des soldats,
Trouvant que je n'étais pas mûr pour les combats,
Me laissèrent enfuir, à son insu, je pense.
Il n'aurait pas permis cet excès de clémence;
Il m'aurait fait tuer comme les autres, lui.
Impitoyable et fort, je reviens aujourd'hui,
La haine dans le cœur, la vengeance dans l'âme,
Je reviens pour punir ce ravisseur infâme.

A ce jour désastreux je comprends maintenant
Pourquoi j'ai survécu : je suis le châtiment!

BERTHE.

Ne cherche pas cet homme et bénis son absence,
Raoul! N'obéissons qu'à la seule prudence :
S'il allait écraser notre nid sous ses pas!
Souviens-toi de nos pleurs. Non, non, je ne veux pas
Que dans ton noble cœur la vengeance se glisse,
Et désormais, il faut que l'amour le remplisse.
Fuyons, fuyons avant qu'il songe revenir :
Il serait insensé d'engager l'avenir.
Prends bien garde! il rendrait les luttes inégales
Si tu te confiais à ses mains déloyales.
Mon bourreau ne sait pas ce que c'est qu'un combat,
La guerre n'est pour lui qu'un vaste assassinat;
Jusques dans les tournois sa lâcheté l'escorte,
Et le brave périt quand le traître l'emporte,
Promets-moi de ne pas te venger?

(*Raoul hésite*)

M'aimes-tu?

RAOUL

Poursuivre mon dessein quand tu l'as combattu?
Non : tu verras l'amant que ton baiser relève,
Au gré de tes désirs faire chanter son rêve.

Dis un mot, et celui que j'ai tant exécré,
Berthe, si tu le veux, je le pardonnerai !

Berthe

Je t'avais confié l'espoir de ma jeunesse,
Ton front seul a reçu mon ardente caresse,
Je garde la fierté des premières amours,
Je t'aimais autrefois, je t'aimerai toujours !
Oui, c'est toi, mon seigneur, oui c'est toi, mon poëte,
Je t'aime, sur mon sein viens reposer ta tête.
A toi, Raoul, à toi mon cœur, à moi ton nom,
Je veux être, je suis Berthe de Savernon.

Raoul

Tu m'appartiens enfin : je t'adorerai, Berthe !
Oh ! la porte du ciel pour toujours m'est ouverte·
Je n'irai plus le soir rêver et pleurer seul.
Alors mon désespoir me servait de linceul ;
J'attendais, mais en vain, que la mort secourable
Vînt me faire oublier l'absence intolérable,
Et je n'espérais plus, et je sentais la foi
S'éteindre, dans ce cœur que Dieu privait de toi.
Oh ! mainten[illegible] espère et je crois : notre vie
Sera douce : il faut être heureux à faire envie
Aux rois : tous les baisers qui vont couvrir ton front,
O Berthe, finiront pas en laver l'affront.
Amie, est-ce pour nous que cesse la tempête,

Regarde, le soleil veut être de la fête.
Contemple sa splendeur et bénis son retour;
Pour les lis, c'est la joie, et pour nous, c'est l'amour!
Oui, l'arc-en-ciel paraît aux voûtes éternelles;
Les fleurs vont recueillir son sourire, comme elles,
Jouissons sans retard d'un bonheur inconnu,
Pour nos deux cœurs aussi l'arc-en-ciel est venu!
Oui, nos maux sont finis : espérance et courage,
Notre dieu tutélaire a dissipé l'orage.

SCÈNE VIII.

BÉNÉDIC.

Vous parliez du beau temps : il arrive à grand pas

(Il s'adresse à Berthe.)

Je venais vous prier, ne me refusez pas,
D'aller respirer l'air : toujours dans votre chambre,
En plein avril, c'est bon pour le mois de décembre:

(Il s'adresse à Raoul.)

Suppliez-la bien, vous dont le chant la berçait :
Peut-être elle voudra vous écouter!

BERTHE.

Qui sait ?

RAOUL.

A de sages conseils je joindrai mes prières :
Lorsque dans les prés verts dansent les chevrières,
Allez voir quelquefois leurs ébats amoureux :
Leurs chants disperseront vos songes douloureux.
Laissez ici, laissez l'ennui qui vous tourmente ;
Allez, vous trouverez la nature charmante,
Car il n'est pas un nid, il n'est pas un buisson,
D'où ne ne sorte un soupir ou bien une chanson.
L'air pur remplit le cœur d'un féconde séve !
On pleure, on souffre ici, dans la campagne on rêve!
Et pourquoi, si ce n'est pour charmer vos vingt ans,
Dieu fait-il dans ces monts revenir le printemps ?
Pourquoi la fleur sauvage aux senteurs enivrantes
Croît-elle sur le bord des sources transparentes
Si ce n'est pour verser sur votre front bien doux
Des parfums que la brise a fait naître pour vous ?

BERTHE.

D'un rayon de soleil vous me rendez avide.
Cependant, je ne puis m'aventurer sans guide...

BÉNÉDIC.

(Il s'adresse à Raoul.)

Jeune homme, offrez-vous donc.

RAOUL.

(Il s'adresse à Bénédic.)

Oh! je n'oserais pas.

BERTHE. *(à Raoul.)*

Pour suivre vos conseils, il me faut votre bras.

BÉNÉDIC. *(à Raoul.)*

Fera-t-on, là-dessus, quelque tendre ballade?

RAOUL. *(à Bénédic.)*

Peut-être...

BÉNÉDIC.

Adieu, Madame, et bonne promenade!

(Il sort.)

BERTHE.

S'il faut passer la nuit dans les bois ténébreux!
Qu'allons-nous devenir?

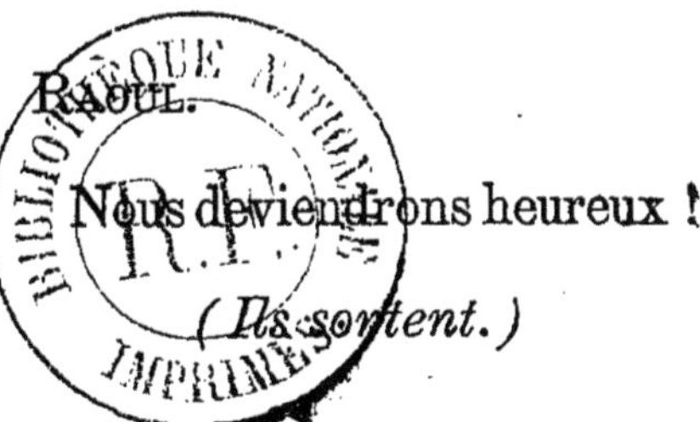

RAOUL.

Nous deviendrons heureux!

(Ils sortent.)

Lyon. — Imp. J. Rossier, rue Mercière. 47.

82

www.ingramcontent.com/pod-product-compliance
Ingram Content Group UK Ltd.
Pitfield, Milton Keynes, MK11 3LW, UK
UKHW020501230726
13925UKWH00005B/2060

9 782014 019643